L'école de fous

Danielle Simard

Illustrations
Philippe Germain

Dominique et compagnie

E##4

Données de catalogage avant publication (Canada)

Simard, Danielle, 1952-

L'école de fous

(Collection Libellule)

Pour les jeunes de 8 à 12 ans.

ISBN 2-89512-038-2

I. Titre. II. Collection.

PS8587.I287E26 1999   jC843'.54   C98-941421-3
PS9587.I287E26 1999
PZ23.S55Ec 1999

Sous la direction de Yvon Brochu, R-D création enr.
Illustrations : Philippe Germain
Révision-correction : Christine Deschênes
Mise en page : Philippe Barey

© Les éditions Héritage inc. 1998
Tous droits réservés
Dépôts légaux : 1er trimestre 1999
Bibliothèque nationale du Québec
Bibliothèque nationale du Canada
ISBN 2-89512-038-2
Imprimé au Canada

10 9 8 7 6 5 4 3 2

Dominique et compagnie
Une division des éditions Héritage inc.
300, rue Arran, Saint-Lambert (Québec) J4R 1K5
Téléphone : (514) 875-0327
Télécopieur : (450) 672-5448
Courriel : info@editionsheritage.com

Nous remercions le Conseil des Arts du Canada de l'aide accordée à notre programme de publication, ainsi que la SODEC et le ministère du Patrimoine canadien.

*Pour Sarah
Létourneau-Lévesque
et Karine Beaupré,
deux jeunes et
brillantes journalistes
de Port-Cartier.*

Chapitre 1

Un, deux, trois, on y va !

Pauvre vieux robot, il veut tellement m'accompagner ! Il en baverait s'il le pouvait… Deux semaines à Montréal !

– Zen veut mettre Montréal en mémoire. Étienne doit emmener Zen, répète-t-il sans cesse.

Tête de mule électronique ! Comment pourrais-je l'emmener ? Il le sait, pourtant : une invention ultrasecrète ne doit en aucun cas se montrer en public. Elle doit, comme toutes les inventions de mes parents et de leurs amis, rester tapie au fond des bois. Même moi, qui ne suis pas une invention mais un garçon ordinaire, je n'ai pas la permission d'aller plus loin que la petite ville la plus proche. Ou plutôt, je n'*avais* pas la permission, jusqu'à la semaine dernière, quand ma mère a enfin laissé tomber :

– Bon d'accord, Étienne, tu peux aller à Montréal. Je suppose qu'à douze ans tu es assez vieux pour tenir ta langue.

– À deux mains ! ai-je crié.

– Pardon ?

– Je vais tenir ma langue à deux mains, je te le promets.

– Je ne t'en demande pas tant.

C'est à peine si j'arrive à le croire. Sortir du bois ! Voir d'autres nez que ceux plantés au milieu des dix bouilles plus ou moins vieilles des savants plus ou moins fous qui se cachent par ici. Quitter cette prison dorée que mes parents appellent « notre maison ». Me retrouver au milieu de la métropole, des feux de circulation, des sirènes de pompier, des logements empilés, des…

– Zen veut être avec Freydis encore.

Que répondre à ça ? Freydis est notre amie à tous les deux et je suis le seul à aller passer deux semaines chez elle. C'est injuste. Mais ça ne m'empêche pas d'avoir hâte. Très très hâte ! La fille que j'aime. Ma belle oiseau. La seule personne de mon âge à avoir jamais mis les pieds dans mon petit coin de planète. Je vais pouvoir me couler dans son monde comme elle a coulé, l'été dernier, dans le mien.

– Étienne doit aider Zen.

– Écoute, efface ça de ta mémoire une fois pour toutes. Tu verras Freydis cet été, quand elle reviendra chez sa tante Irma. Console-toi, il ne reste que trois mois. En attendant, je dois justement l'appeler au reliaphone.

F-R-E-Y, *retour*… Ma belle blonde

apparaît à l'écran, déjà au poste comme à tous nos rendez-vous. Zen se plante dans le champ de la caméra. Je glisse la tête dans ce qui reste d'espace et je m'écrie :

– Parle-lui, Freydis ! Peut-être que toi, il t'écoutera. Il me harcèle pour que je l'emmène. Le mot IMPOSSIBLE n'entre pas dans sa cervelle de tôle.

– Ah ! ça tombe bien, lance mon amie, ce mot-là n'entre pas dans la mienne non plus !

– Comment ça ?

– Invention secrète tant que tu voudras, Étienne, j'ai décidé qu'il n'était pas question de faire de la peine à Zen.

De la peine… Eh oui ! Je suis flanqué d'un robot sentimental, folle conséquence des folles expériences de papa-maman. Au diable le petit cœur électronique ! Je riposte :

– Tu es folle ! Mes parents ne me laisseront jamais partir avec Zen !

Freydis me fait sa fameuse tête de guerrière sans peur. Elle peut bien porter le nom de la plus terrible enfant d'Éric le Rouge, le Viking !

– Pourquoi tes parents le sauraient-ils ?

– Euh… parce qu'il n'y a pas moyen de faire autrement.

– Tu me déçois, Étienne. Nous trois, on est capables de tout. J'en suis certaine, moi. Il suffit de savoir profiter de nos avantages. Par exemple, Zen a presque l'apparence d'un humain. Ce n'est pas rien : si tu le déguises, il peut prendre l'autobus incognito.

Si je le déguise ? J'en reste bouche bée. Comment veut-elle que je déguise ce tas de ferraille ? Je finis par rétorquer :

– Tu as déjà vu quelqu'un prendre l'autobus en combinaison d'astronaute ? Parce qu'à moins de ça, aucun costume n'arrivera jamais à faire passer Zen pour un humain. Regarde-le ! De toute manière, comment se rendrait-il au terminus ? Tu oublies qu'il n'y a même pas de route, ici. La ville la plus proche est à cinquante kilomètres au moins, à travers la forêt et les lacs. Zen court vite, mais il risque de se perdre. Puis il s'enfoncerait dans la neige. Et quand bien même il réussirait à atteindre le terminus, qui paierait son billet ? Je n'ai pas un sou, moi.

– J'ai pensé à tout ! lance la guerrière comme un cri de victoire. Voici : juste avant ton départ, Zen se cachera dans l'hydrocoptère de tes parents. Il arrivera ainsi au lac Lumière avec vous. À partir de l'aquagarage il ne reste que quelques kilomètres jusqu'à la ville. Pendant que vous les ferez en jeep, Zen les fera à la course. Il a même toutes les chances de parvenir au terminus en premier. Pour les sous, tu as des achats à faire à Montréal pour tes parents, tu me l'as dit ! Tu paieras le ticket de Zen avec cet argent.

– Et mes emplettes ?

– J'ai été très en demande ces temps-ci comme gardienne d'enfants. C'est moi qui paie !

Elle est radieuse. Zen aussi, sûrement, quoique ses traits d'aluminium demeurent

absolument inchangés.

– Freydis dit des choses très vraies, se contente-t-il d'énoncer.

Une chance que je garde les pieds sur terre, moi. Je m'en vais d'ailleurs les y faire redescendre, ces évaporés :

– Et tes parents ? Me voir arriver avec un robot ! Tu y as pensé ? Ils ne connaissent même pas l'existence de Zen. Quand tu es repartie chez toi, l'été dernier, tu as promis à ta tante Irma et à ton oncle Icare de ne rien dire des inventions des savants d'ici, même pas à tes parents.

C'est vrai : tout ce qu'elle a pu emporter, c'est le reliaphone, pour communiquer avec nous. Et encore, c'était possible parce que cet appareil ressemble à une espèce d'ordinateur, juste assez pour ne pas attirer l'attention. Rien à voir avec un robot ! Que fait-elle de ses promesses ? Je crie presque :

– Tu te rends compte ? Tu ne peux pas exhiber Zen comme ça !

Freydis hausse les épaules, pas du tout impressionnée.

– Les inventions d'Icare ou de quiconque n'intéressent pas mes parents, tu sauras. À moins qu'elles concernent l'archéologie. Ils ne s'intéressent qu'à LEUR travail. Est-ce que Zen est viking ? Est-ce qu'il provient d'un site de fouilles ? Non, hein ? Alors papa et maman s'en ficheront royalement. D'ailleurs, ton robot est aussi capable que nous de garder un secret. N'est-ce pas, Zen ?

– Zen obéit à Freydis, proclame mon sac à puces électronique.

Un peu plus et il se mettrait au garde-à-vous. La générale Freydis lui dresse aussitôt son plan d'attaque :

– C'est très simple : devant mes parents, tu fais semblant d'être programmé uniquement pour marcher sur les talons d'Étienne. Pas un mot, pas un geste de trop, et la grande invention que tu es demeure secrète. On va croire à une petite invention de rien du tout, à un robot minable. Une merveilleuse astuce, n'est-ce pas ? Nous n'aurons brisé aucune promesse. Je vous jure que j'ai tout calculé, vous allez voir !

– Mais…

– Ah ! Étienne, me coupe Freydis, les yeux pleins d'étincelles, notre amitié est plus forte que n'importe quelles embûches. Tu devrais le savoir.

Et ses grands yeux sont plus forts que tout. J'y sombre. Je rends les armes.

Chapitre 2

La métamorphose de Zen

Elle me donne des ailes, ma belle oiseau. Des ailes pour faire des coups pendables, mais bon !

Zen a une apparence humaine, d'accord... si l'on considère humaine l'apparence d'un joueur de football américain avec casque et épaulettes. On est loin des silhouettes d'ici. Les têtes, dans notre petite communauté scientifique, sont bien remplies mais plutôt petites. Pour ce qui est des tours de taille, le seul qui approche celui de Zen appartient à Alfredo.

Ça tombe bien : Alfredo ne fait pas un grand usage de ses vêtements d'hiver. Notre chercheur en alimentation quitte rarement les vastes serres attenantes à son logis, maintenues à une température idéale.

Freydis me donne des ailes... de pie voleuse. Je vole jusque chez notre voisin Alfredo. Non, pas en hydrocoptère ni sur ma barre de vitesse... En fait, je ne vole pas, je glisse. Ça me prend une petite heure, mais aucune invention n'égale en silence mes précieux skis de fond. Dès que j'arrive, je repère mon savant dans l'extrémité sud de sa grande serre tropicale, absorbé par des boutures de bananiers hypercaloriques. Tout va comme prévu. Dans la maison déserte, je trouve le trésor tant espéré : un vieux parka à large capuchon, des couvre-chaussures en caoutchouc munis de fermetures éclair et des gants de géant. J'en fais un paquet que je m'attache dans le dos. Mon emprunt est sans gravité. Le printemps a beau être

tardif, il finira bien par se pointer. Quand Alfredo se décidera à sortir, il n'aura même pas besoin de cet attirail. S'il sort avant, il croira encore à ses légendaires étourderies de savant. Comme je le connais, il ne cherchera pas ses vêtements longtemps. Seulement le temps d'oublier ce qu'il cherchait.

Sans crainte et sans remords, donc, je regagne notre domaine comme j'en étais venu.

***

Nous partons bientôt. Ce matin, mes parents m'ont accordé un petit déjeuner d'au revoir. C'est Zen qui l'a préparé, histoire de se faire voir pareil à lui-même et au-dessus de tout soupçon. Il est excellent pour les crêpes et aussi pour cacher ses émotions – ce dernier point allant de soi pour un robot.

Nous voilà prêts pour le voyage ; je suis assez fier du travail. Le capuchon d'Alfredo épouse miraculeusement la grosse tête de mon robot. J'ai même pu attacher le manteau. Oui, ça tient du miracle : un millimètre de plus au tour d'épaules de Zen et les manches craquaient ! C'est à se demander si Alfredo n'a pas servi de modèle aux créateurs de Zen. Jusqu'aux mains et pattes métalliques du robot qui disparaissent à la

perfection dans les gants et couvre-chaussures du savant. Pour habiller les jambes, je me suis servi d'un vieux pantalon de papa, dont j'ai agrandi la taille à coups de ciseaux. Avec des bretelles, il tient très bien. Ne restait plus qu'une bande d'aluminium à dissimuler, entre le cache-nez et les lunettes de ski. Je l'ai enduite d'un ingénieux mélange de gouache couleur peau. Un chef-d'œuvre !

Zen n'a plus l'air d'un robot... Il a l'air d'un idiot.

– Tout est sous contrôle, Zen ? Tu as bien en mémoire les codes pour entrer et sortir des aquagarages ? Le plan pour te rendre au terminus ?

– Zen a tout bien en mémoire. Prêt.

– Dès que j'entre dans le labo, tu cours à l'aquagarage. Une fois installé dans l'hydrocoptère, n'oublie pas de bien rabattre la couverture sur tout ton corps.

Un tas de trucs traînait au fond de

l'hydrocoptère de mes parents, sous une couverture. J'en ai dissimulé une bonne partie dans un coin de l'aquagarage, de sorte à faire de la place pour Zen. Je vais au labo chercher mes instructions pour les emplettes.

***

Dans l'hydrocoptère, maman s'étonne soudain :

– Et Zen, il n'a pas fait de crise au moment de ton départ ? Je ne l'ai pas vu…

– Penses-tu ! Pendant qu'on cherchait mon sac à dos au fond de la garde-robe, CLIC ! je l'ai éteint sans avertissement. Adieu, les scènes d'adieu ! Très pratique, ce petit bouton *ON/OFF*.

Je connais mes parents : ils n'iront pas voir au fond du placard si Zen s'y trouve vraiment. Aucune des 86 400 secondes de chacune de mes journées d'absence ne sera gaspillée pour autre chose que de travailler en paix. Ils pourront enfin s'adonner entièrement à leurs recherches sans se sentir coupables d'abandon d'enfant.

J'ai toujours aimé le trajet entre le petit lac Euréka, devant la maison, et le grand lac Lumière, près de la ville. Sur chacun d'eux, un aquagarage ouvre son toit pour laisser nos hydrocoptères entrer ou sortir. Au lac Lumière, la construction est en partie sur l'eau, en partie sur terre, où est garée la jeep de mes parents. On dirait une sorte de gros abri à bateau, en béton armé. L'hiver, l'eau y est chauffée afin d'éviter le gel, et le toit se soulève de telle façon que la neige tombe sur le côté.

D'un garage à l'autre nous voguons dans le ciel, accompagnés au sol par notre ombre glissant sur la cime des sapins ou sur la surface des lacs, bleus l'été, blancs l'hiver. L'ombre, c'est par beau temps, comme aujourd'hui. Heureusement. S'il avait plu ou neigé, je ne crois pas que la gouache aurait tenu sur les joues de Zen.

Une fois l'hydrocoptère posé dans l'aquagarage du lac Lumière, il nous restera à traverser nos terres en jeep, déblayant la route grâce à la pelle fixée à l'avant du véhicule. Dès que nous serons hors de vue, Zen s'élancera sur le chemin que nous aurons dégagé dans la neige. Il passera la grille en mode pseudogravitationnel et suivra ensuite le plan que je lui ai fait mémoriser. J'ai pris soin de lui choisir un chemin différent du nôtre. Ainsi, ce coureur ultrarapide et loufoque ne croisera pas la jeep ni à l'aller, parce qu'il pourrait très bien nous dépasser, ni au retour de mes parents, si pour une raison quelconque il n'a pu courir à pleine vitesse.

Chapitre 3

Sortis du bois

– On va attendre l'autobus avec toi, déclare papa en stationnant la jeep devant le terminus.

– Non! Non! C'était déjà trop gentil de me reconduire tous les deux. Je ne veux pas vous retarder davantage. Et puis, je suis assez grand.

Maman est fière de son fils. J'empoigne mon sac à dos. Juste le temps de m'embrasser sur le trottoir et ils sont repartis. Ouf! La première chose que je vois en entrant dans le petit terminus, c'est Zen, assis droit comme une équerre dans la salle d'attente. Il a dû courir si vite qu'on l'a sûrement pris pour une motoneige. En tout cas, personne n'a osé s'asseoir à côté du voyageur masqué... bien que tous ne regardent que lui. Ça chuchote, ça ricane. Un bambin semble même en grave état de choc, cloué, les yeux ronds, à quelques mètres du terrible martien des neiges. Heureusement que cette fin de mars est plutôt froide, sinon le personnage paraîtrait encore plus insolite (si c'était possible). J'achète nos tickets. Mission accomplie !

***

Pour la première fois de ma vie, je dépasse la seule petite ville que je connaisse. Celle que je voyais comme le début de la civilisation et qui soudain m'apparaît terriblement isolée. Après l'avoir quittée, il faut une bonne centaine de kilomètres de forêt avant de revoir quelques maisons éparses. Et encore plusieurs centaines avant que les villages ne commencent à

se rapprocher les uns des autres. Comme nous habitons loin ! Des heures et des heures de route grugée à vive allure. Des arbres à s'en rendre malade.

De temps en temps, nous arrêtons pour prendre de nouveaux passagers. Leurs regards s'accrochent toujours à Zen, assis avec moi, bien carré, au fond de l'autobus. Ils semblent se demander à quoi joue ce grand type accoutré en explorateur polaire. Les plus curieux se retournent souvent. Puis ils oublient. N'empêche qu'à chaque arrêt, c'est à recommencer. Le trajet est long... et ennuyeux.

Nous plongeons dans la civilisation à la nuit tombée. Une mer de maisons toutes collées. De la lumière comme dans un feu d'artifice, éclatant aux fenêtres, explosant aux vitrines, lancée au faîte des lampadaires, tanguant sur les camions, filant avec les autos, blanche devant, rouge derrière. Mes parents ont beau avoir inventé des trucs incroyablement futuristes, jamais rien ne m'a autant impressionné que ces simples automobiles lancées à toute vitesse, tellement nombreuses qu'on n'arrive pas à comprendre comment elles peuvent se suivre de si près, se croiser ou se dépasser sans s'accrocher. Un manège géant dans lequel nous fonçons en autobus !

Zen respecte toujours la consigne. On le croirait éteint, mais je suis certain que sa mémoire engloutit des données comme jamais auparavant. Oups ! l'autoroute s'achève ici ! Nous voilà qui enfilons des rues à petite allure, alors que ça grouille de monde autour. Mon cœur bat à tout rompre. Je ne tiens plus sur mon siège. Une grande ville, c'est tellement plus grand que je ne l'avais imaginé ! Au terminus, je laisse descendre les autres passagers avant de faire signe à Zen de me suivre. Nous entrons dans une salle bondée. Bizarre... ici on dévisage moins mon voyageur masqué. Les gens doivent avoir autre chose à faire.

– Zen voit Freydis.

– Chut ! la consigne… Oui, elle est là !

Elle court vers nous, son joli sourire déployé entre ses joues rouges. Elle se jette dans mes bras et nous sautons sur place en tournant sur nous-mêmes. J'aperçois un couple figé à nos côtés. Freydis prend un peu de recul.

– Maman, papa, je vous présente Étienne.

Ils me serrent la main, pendant que leur regard s'attarde sur Zen.

– Oh ! ça, c'est le robot d'Étienne ! explique Freydis sur le ton qu'elle aurait pris pour désigner une valise supplémentaire.

– Mais…, fait sa mère, interloquée.

– Je ne vous en avais pas parlé ? s'étonne Freydis. J'ai demandé à Étienne s'il voulait prêter son robot à l'école pour l'Expo-sciences et il est tellement gentil qu'il a accepté. C'est la directrice qui va être contente !

Sur ces mots, elle me décoche un petit clin d'œil triomphant et lance :

– Il est téléguidé. Montre-leur, Étienne.

Je commence à marcher, heureux que Zen ait saisi ce qu'on attend de lui. Il exécute simultanément et sans souplesse les mêmes enjambées que moi.

– Intéressant, non ? s'exclame Freydis. Il est programmé pour suivre Étienne pas à pas.

– Que fait-il d'autre ? demande son père.

– Ce n'est pas assez ? s'offusque-t-elle.

– Euh, oui, oui… Mais pourquoi est-il habillé ?

C'est moi qui réponds :

– Pour cacher qu'il est un robot. Mes parents n'apprécient pas qu'on attire trop l'attention sur leurs inventions, même les plus anodines.

Freydis me prend par le bras et ouvre la

marche. Zen suit, mécaniquement. Les parents viennent derrière, un peu sonnés. Nous replongeons dans le manège de la ville, en auto. Il y a toujours le bal des lumières et de la foule, les panneaux-réclames, partout, si rigolos. Mais juste à côté de moi (coincée contre moi à cause du gros Zen), il y a Freydis et elle éclipse tout le reste.

Chapitre 4

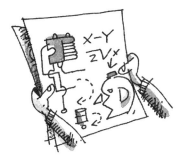

Les plans secrets

– Debout ! C'est le matin !

Une lionne, la crinière en broussaille, bondit sur mon lit. Elle porte un mignon pyjama blanc, un peu trop court aux quatre pattes. Son museau collé au mien, la voilà qui se radoucit en un délicieux :

– Bonjour !

J'ai du mal à ramener mon esprit rêveur ici, dans mon corps, dans cette « chambre d'ami » de ce logement de Montréal pareil à tant d'autres (c'est ce que m'a appris

Freydis, hier soir, quand je me suis étonné devant ce long corridor où se suivent autant de portes que de petites pièces).

Mon amie m'énumère les mille et une merveilles au programme de ce beau samedi. Puis elle se pousse sur la pointe des pieds et revient, du rire plein les yeux, notre petit déjeuner sur un plateau : des muffins, du yogourt – du vrai bon et pas le synthétique auquel nous a habitués Alfredo –, du jus et des bananes, des vraies encore, à faire pourrir d'envie celles du même Alfredo. Quand nous avons bien mangé, Freydis va se poster devant Zen et pousse son bouton à *ON*.

– Salut ! lui crie-t-elle sous le nez.

– Bonjour, Freydis. Bonjour, Étienne, fait notre bon vieux Zen « nature » (je veux dire sans habit aucun).

Mon esprit ayant définitivement quitté le pays des rêves, voilà qu'il y remonte une vieille question d'hier soir :

– Dis donc, Freydis, c'est quoi cette expo-machin ?

– Hein ? De quoi tu parles ?

– Au terminus, tu as dit à tes parents que je prêtais Zen à une expo…

– … Ah, oui ! échappe ma belle oiseau en tombant des nues. La coïncidence du siècle, Étienne ! Imagine-toi donc que j'ai trouvé un truc formidable pour que tu puisses venir à l'école avec moi.

Pas vrai ! Mon école tient sur un disque rigide d'ordinateur, et j'ai toujours rêvé d'aller dans le truc original, avec des murs et tout. D'avoir des tas d'amis, de me retrouver avec trente fois plus de jeunes que d'adultes, d'écrire des petits billets pendant les cours, de descendre et de monter les escaliers en troupeaux joyeux, au son de la cloche… Comme je l'ai lu dans les romans.

– Quand ? Quand est-ce que tu m'emmènes à l'école ?

Du calme ! Freydis m'explique que je n'irai pas en classe. Seulement, vendredi et samedi prochains, je participerai avec elle à l'Expo-sciences. Une activité extraordinaire. Presque tous les jeunes de l'école y tiennent un stand. Ils se réunissent en équipe pour exposer le résultat de leurs recherches en botanique, en physique, en mathématiques, en électronique…

– Tu me prends dans ton équipe ?

– Si on veut. Sauf que moi, je ne suis pas en équipe. Je suis toute seule.

– Ah… et c'est quoi ta recherche ?

– Une idée de génie ! lance-t-elle. Je me suis inscrite à l'expo pour la fabrication d'un robot. Le voilà, mon plan secret pour vous faire venir à l'école, toi et Zen. Brillant, n'est-ce pas ? J'ai raconté à la directrice que j'avais un cousin vivant en France depuis quelques mois et qu'il était en visite chez moi. Là-bas, ils ont de longues vacances à Pâques. J'ai demandé si tu pouvais m'assister à mon stand et elle a accepté. Formidable, non?

– Euh, oui... NON! Qu'est-ce que tu racontes là? Tu veux exposer une invention secrète en public? Tu veux la faire passer pour LA TIENNE? Mais à quoi as-tu pensé, encore?

– À tout! Ne t'en fais pas. Zen continuera à jouer le robot très ordinaire. On y croira d'ailleurs encore plus si on le présente comme MON invention.

– Et tes parents? Ils vont bien voir que tu triches!

– Le destin est de notre côté, Étienne. Mes parents partent à Boston; ils donnent des conférences au sujet de leurs fouilles sur la Côte-Nord. L'Expo-sciences, ils n'y mettront même pas les pieds.

Ça ne lui suffisait pas de traîner Zen à Montréal, il faut en plus qu'elle le fasse passer pour son invention à l'école! Pourquoi n'ai-je pas mis un frein à tout ça dès le début ? Je la connais pourtant, ma folle oiseau ; une fois qu'elle s'est mise à foncer, plus moyen de l'arrêter. J'essaie quand même, juste pour la forme :

– On va te questionner, Freydis. Tu devras expliquer comment tu t'y es prise pour le fabriquer, ce robot « ordinaire ».

– Pas de problème ! J'ai raconté à Icare que je voulais construire un robot et, mine de rien, je lui ai demandé comment je devrais m'y prendre pour en fabriquer un qui obéirait à des consignes verbales. Il était fier de moi ! J'ai expliqué qu'à la consigne « Prends ! », le robot devait prendre une boîte à ses côtés ; à la consigne « Donne ! », il devait la tendre devant lui. Perfectionniste comme il l'est, mon oncle m'a fait parvenir des plans détaillés au possible. Et voilà, le tour était joué ! Ces fameux plans, nous les exposerons comme les nôtres... Enfin, comme les miens. Je te dis, j'ai pensé à tout !

– Et Zen, il va être content de passer

pour un robot idiot, peut-être ?

Freydis va se blottir contre mon robot et s'écrie :

– C'est un jeu ! Zen va nous montrer ses dons de comédien. Tu crois qu'il préférerait rester enfermé ici ?

– Zen veut jouer, déclare mon robot qui parfois me fait penser à un bon chien.

Il gagne un baiser sur sa joue d'aluminium. Moi, j'en obtiens un sur le bout du nez.

– On va bien s'amuser, c'est tout ce qui compte ! lance Freydis en sortant de la chambre. Habillez-vous, les gars ! On a un programme chargé aujourd'hui.

Chapitre 5

Le pot aux roses

Une fin de semaine de rêve, à courir dans le métro, les magasins, les parcs… Freydis me tirait par la main à travers sa ville merveilleuse. Ça sentait le printemps. Même Zen s'est trempé dans l'air de Montréal, en costume d'abominable homme des neiges. Selon Freydis, il ne serait pas plus remarquable que bien d'autres excentriques. Elle avait raison. On a failli mourir de rire plus d'une fois en compagnie de notre épouvantail ! Surtout quand on a pris le mont Royal d'assaut, à califourchon sur son dos.

Ce matin, pourtant, je ne retrouvais plus ma belle oiseau d'hier. À peine m'a-t-elle regardé au petit déjeuner. Trop pressée. Trop occupée ensuite à essayer trente-six coiffures et dix-sept t-shirts. Tendue comme si elle s'en allait parader au concours de Miss Machin. C'est ça, l'école ? Tout à coup, elle a empoigné son sac et passé la porte sans un au revoir. Je suis resté planté là, comme un piquet au beau milieu du corridor silencieux. Ses parents étaient déjà partis à l'université, Zen était encore éteint...

Tiens ! Le reliaphone de Freydis émet un signal. Maman qui m'appelle ? Non, c'est Icare qui apparaît à l'écran.

– Salut, Étienne ! Comment va le robot ?

Sait-il que Zen est avec moi ? Je balbutie :

– Que – quel robot ?

– Freydis ne fabrique pas un robot ? s'étonne le savant.

– Oh ! si, si ! que je me ressaisis.

– Bon ! Elle a trouvé toutes les pièces qu'il lui fallait ?

– Ça va à merveille, que je m'efforce de mentir. Faut dire qu'avec des plans comme les tiens...

– J'ai attendu l'heure de l'école pour t'appeler, chuchote Icare avec un air de comploteur. Je voulais savoir si Freydis était toujours fâchée.

– Non, pourquoi ?

– Tu ne sais pas ? Bah, je peux bien te le dire, puisqu'elle n'est plus fâchée. Ce ne sont pas des plans qu'elle voulait, ta belle amie, mais rien de moins qu'une de mes inventions. N'importe laquelle, pourvu que tu puisses l'emmener avec toi. J'ai refusé, tu t'en doutes. On ne participe pas à une Expo-sciences sans se donner de mal. Elle a fait une de ces colères ! Tu la connais : il paraît qu'elle ne me parlera plus jamais. Pour l'amadouer, je lui ai envoyé les plans d'un robot assez simple, répondant à des consignes verbales. C'était déjà un peu tricher puisqu'elle n'inventerait rien, sauf qu'elle apprendrait au moins quelque chose…

– Je vois.

– Ah ! ça me soulage de savoir qu'elle s'est mise à la tâche ! Quelle brave petite fille ! Tu me montres le résultat ?

– Euh… impossible, il… Elle a amené son prototype à l'école.

– Tant pis. Embrasse Freydis pour moi et au revoir !

La vapeur me sort par les oreilles. Voilà ce qui s'appelle découvrir le pot aux roses ! Mademoiselle était prête à tout pour voir Zen à Montréal ? Ouais ! Uniquement pour lui éviter d'avoir de la peine ? Quel grand cœur ! Et l'Expo-sciences, c'était juste un truc pour nous ouvrir son école ? Mon œil !

Et moi, pourquoi m'a-t-elle invité ? Pour trimballer une invention d'Icare, peut-être ? Il faut que j'aille prendre l'air, sinon je casse tout dans la chambre.

– Tu ne comprends rien ! Tu ne comprends jamais rien ! hurle-t-elle.

Y a-t-il quelque chose de plus ardent que Freydis en colère ? Je suis sûr qu'elle pourrait faire plus de dégâts qu'un tison. Je recule. Moi qui me suis empêché ce matin de tout casser dans cette chambre, je la regarde maintenant le faire à ma place. Il faut dire qu'elle prend soin d'épargner ses trophées sportifs, préférant s'en prendre aux dictionnaires, encyclopédies, mappemondes, microscopes et autre matériel éducatif cher à ses parents. Pendant qu'elle envoie les objets valser, elle a le temps de se trouver un baratin :

– Tu mélanges tout. Ta visite et l'Exposciences, ça n'a rien à voir. Quand Icare a refusé de me donner une invention, j'ai vite oublié ça, tu sauras. C'est APRÈS avoir invité Zen que j'ai pensé me servir de l'expo pour vous amener à l'école. Je te jure ! Et puis, je m'en fous si tu ne me crois pas !

Ça y est, c'est moi qui deviens le coupable. Coupable de ne pas la croire, de l'accuser injustement… Elle se met d'ailleurs à pleurer pour mieux m'accabler.

– Tu ne sais pas ce que c'est, toi, d'aller à l'école… et encore moins une école de surdoués, finit-elle par dire au travers de ses larmes. De vrais « bollés » ! Je ne t'en ai pas parlé, parce que tu ne comprendrais pas. Tu es bien chanceux que tes parents n'aient pas eu l'idée lumineuse des miens. On ne rit plus, aïe ! M'inscrire au fââââmeux collège Marie-Curie. Tant pis si je n'ai pas les notes requises. Tu parles ! La fille d'archéologues de renom, collègues à l'université du mari de la directrice, ça ne se refuse pas. J'étais faite comme un rat… un rat jeté dans la cage des singes savants. C'est une école de fous, Étienne. Rien que de la graine de génie, tu t'imagines ?

Elle pleure de plus belle et moi, je reste là, les bras ballants. Non, je n'aimerais pas être à sa place, à bien y penser.

– Il faut que tu me croies, reprend-elle,

les yeux suppliants. Je ne vous ai pas invités pour mon Expo-sciences, mais parce que je vous aime... C'est si grave si, en plus, j'en profite pour faire baver à leur tour cette bande de prétentieux ?

Qu'est-ce que je peux répondre à ça ? Elle finit toujours par me clouer le bec, ma belle oiseau.

Chapitre 6

À l'école de fous

Lundi, mardi, mercredi soir, nous avons fabriqué les panneaux de notre stand, puis nous y avons dessiné des tableaux compliqués d'après les plans d'Icare. Nous avons répété notre exposé. Zen, pour sa part, connaît parfaitement son rôle. À l'école, il ne saura même plus marcher. Il devra se montrer raide et muet comme une statue, avec des mains aussi articulées que des spatules. Quand on lui dira « Prends ! », sa taille pivotera et ses bras tendus s'abaisseront de façon à enserrer une boîte placée à ses côtés sur une table.

Quand on lui dira « Donne ! », le brave robot reviendra à sa position initiale, où il écartera légèrement les bras pour laisser tomber la boîte. Grâce au ciel (ou plutôt à papa, maman et Icare), la patience de Zen est sans limite.

Les parents de Freydis sont partis à Boston ce matin. Sylvie, leur assistante, s'est amenée avec une pile de dossiers pour passer la fin de semaine en notre compagnie. Freydis, déjà experte en gardiennage, s'offusque de se retrouver elle-même « gardée ». Moi, je me réjouis. Ce soir, notre gardienne nous a reconduits à l'école en auto.

Zen n'est plus un robot qui marche, je l'ai dit. Nous avons donc dû le transporter à bout de bras, droit comme une barre, soigneusement enveloppé et ficelé dans une grande toile. Heureusement, Sylvie dispose d'une fourgonnette où nous avons réussi à loger Zen et les panneaux du stand.

Oui, drôle d'école… Nous avons trans-
porté nos trucs dans la grande salle, puis
assemblé le stand sans que personne ne
vienne nous saluer. À mesure qu'ils étaient

prêts, les concurrents daignaient à peine fourrer mollement leur nez chez le voisin. Je n'ai pas été long à constater que les jeunes, ici, sont séparés en petites tribus. Qu'au sein d'une même tribu, on a coutume de se sourire, de s'embrasser et de s'agglutiner tout en créant une mer de glace autour, inaccessible aux autres groupes. Et je n'ai pas été long à constater que Freydis est absolument seule dans sa tribu.

Bien sûr, les autres viennent voir Zen, mais se contentent d'un regard vaguement moqueur. Ayant droit au même traitement, je me sens plus petit qu'un microbe. Les joues roses, le nez en l'air, ma belle oiseau brave la tempête comme une reine.

On trouve ici des inventions intéressantes, mais aucune n'en impose autant que notre rutilant Zen. Les regards moqueurs ont peine à cacher leur envie. C'est sans doute pourquoi personne ne s'attarde à notre stand. Sauf un grand gars de troisième secondaire qui s'intéresse plus que sérieusement à notre exposé. Mais je ne devrais pas dire « notre » car, dès que Freydis a aperçu ce beau blond, elle ne m'a plus laissé placer un mot. Pouf ! relégué aux oubliettes, le petit Étienne ! Mademoiselle se dépense en mille gestes et explications sur SON invention. Monsieur admire sincèrement... Et les voilà partis ensemble vers son stand à lui où, dit-il, un minirobot réussit à marcher de peine et de misère. Tout un exploit ! selon Freydis. Elle va fondre si elle continue à s'enflammer comme ça.

Moi, je reste à garder le fort, même si on n'a même pas daigné me le demander.

***

Vendredi soir, 9 heures. Ils sont tous allés prendre le goûter à l'autre bout de la salle. On donne une sorte de fête pour clôturer cette longue journée d'exposition. Demain, le jury va faire le tour de la salle pour choisir le grand gagnant.

Je ne me suis pas joint aux tribus mangeuses de sandwiches et surtout pas à celle que forment Freydis et son inventeur de robot marcheur. J'ai trop peur d'avoir à faire la conversation à un morceau de céleri… ou à la directrice, avec ses embêtantes questions sur la France où Freydis a prétendu que je vivais. Je préfère tenir compagnie à ce pauvre esclave de Zen et profiter de cet isolement pour lui faire un brin de causette. Plus exactement, j'en profite pour me vider le cœur.

– Elle se sert de nous, Zen. Ici, on n'est plus ses amis. Moi, je deviens le petit cousin serviable et toi, SA géniale invention. Si c'est comme ça qu'elle nous aime ! Tu sais quoi ? Je commence à avoir envie de lui jouer un tour pour lui faire perdre sa face d'hypocrite !

– Zen est triste, murmure mon robot, dont j'ai baissé le volume au minimum.

– Ouais, ça doit être terrible de jouer la casserole débile pour une ingrate.

– Erreur : Zen est pas triste pour Zen. Zen est triste pour Freydis. Zen entend des choses beaucoup. Les élèves pensent : Zen entend pas. Les élèves disent : « Freydis est menteuse, Freydis est paresseuse, Freydis est idiote. » Ils disent : « Une idiote peut pas inventer un robot. Impossible. » Ils disent : « Le robot est une invention du cousin de Freydis. Sûr. »

– Tant pis pour elle ! Même pas besoin de lui jouer un tour, tu vois. Elle se l'est joué elle-même.

– Zen est triste. Les élèves aiment pas Freydis. Zen et Étienne sont pas comme les élèves. Zen et Étienne aiment Freydis. Zen veut pas jouer un tour.

– Chut ! ils reviennent !

Freydis n'a pas encore fondu d'admiration, mais elle va se décrocher la mâchoire avec ce sourire d'éléphant, ou se casser le nez à force de se prendre les pieds dans ceux du grand inventeur. C'est juste si on ne l'a pas vue plus souvent dans le stand du minirobot que dans le nôtre !

– Merci, Étienne ! me lâche-t-elle comme un os au bon chien-chien. Tu peux rentrer. Moi, je vais chez Renaud. Il veut me montrer toutes ses inventions. Bye !

Renaud, c'est le grand blond. Moi, je suis le petit brun qui déteste l'école pour toujours. Pas besoin d'insister : je pars illico, l'amitié en travers de la gorge.

Chapitre 7

Le grand jour

Le samedi arrive finalement. Les membres du jury prennent des notes, voguant avec lenteur et importance au gré des stands. Ne nous reste plus qu'à attendre notre tour, assis sur la table. Assis n'est pas tout à fait le mot juste : Freydis ne porte plus à terre. Elle saute sur ses pieds, se rassoit, ressaute, trépigne. Elle a tellement hâte de gagner !

– Ça va leur en boucher un coin, répète-t-elle. Ils vont enfin voir qui je suis !

– Et qui es-tu ? que je me moque. La plus grande des tricheuses ?

La plus sourde, oui. Comme si je n'avais rien dit, elle garde les yeux fixés sur le jury qui approche presque imperceptiblement.

– Ça ne te suffisait pas, Freydis, d'être la meilleure compteuse au basket et au hockey, la plus rapide à toutes les courses ? Fallait aussi que tu gagnes à l'Expo-sciences ?

Là, elle se tourne vers moi, l'air de regarder un demeuré, et elle rétorque :

– As-tu remarqué que nous sommes au collège Marie-Curie, Étienne ? Tu sais qui c'est, Marie Curie ?

– Bah, oui. C'est une grande physicienne française. Elle a découvert le radium…

– Rien à voir avec Jacques Villeneuve, hein ? C'est ça, mon malheur. Nous ne sommes pas au collège Jacques-Villeneuve. Les trophées sportifs, ici, c'est du… Oh ! ils sont au stand de Renaud. J'y vais !

Je reste seul sur la table, le cœur lourd, alors que ma belle oiseau s'envole à tire-d'aile. Belles vacances à Montréal, oui…

***

Freydis est restée dans le sillage du jury, ou plus précisément sur les talons de Renaud. Notre tour venu, elle se précipite droit devant moi. Veut-elle me cacher ? Le doigt en l'air, la crinière envoyée en arrière, elle explique le difficile processus de sa création, puis va se planter devant Zen pour le point culminant de la démonstration. La géniale concurrente lance un impérieux « Prends ! ». Zen ne bronche pas. Étrange. Freydis se racle la gorge et répète « Prends ! » un ton au-dessus. Toujours rien. Le bouton est pourtant à *ON*. Elle rougit, recommence, s'énerve, mitraille des « Prends ! » de plus en plus fort, jusqu'à pousser un épouvantable cri. Ça commence à ricaner autour. Freydis a perdu les pédales, c'est évident. Elle supplie :

– Qu'est-ce qui t'arrive, Zen ? Prends la boîte !

Le feu aux joues, c'est elle qui prend soudain la boîte et la brandit sous le nez du robot.

– Fais quelque chose ! lui hurle-t-elle avec un coup de pied dans les pattes.

Ça ne rit plus du tout. La gêne devient palpable. Freydis se tourne vers moi, les yeux hagards, et demande :

– Qu'est-ce qui lui prend, à ton robot ?

– Je ne comprends pas, hi…

J'allais dire qu'hier, il avait pourtant refusé de lui jouer un tour, mais je m'arrête net quand je saisis vraiment ce qu'ELLE vient d'échapper. Elle a dit : « TON robot », et tout le monde a entendu. Freydis semble comprendre en même temps que moi qu'elle a commis une bévue irréparable. Elle lance la boîte contre Zen et se pousse aussi vite qu'elle le peut. C'est-à-dire très vite.

Tous me dévisagent, anxieux d'avoir une explication. Je lève les bras en signe d'impuissance et laisse tomber :

– Le machin a dû se détraquer… et

l'inventeure aussi. Je me demande bien ce qu'elle voulait dire par « ton robot »…

Ça discute fort. Toutes les tribus s'unissent soudain contre la même ennemie. Pourtant, elle ne fait pas le poids, ma petite oiseau envolée. La grande rousse du stand de droite prend le bras de Renaud. Je n'entends pas ce qu'elle dit, mais elle rit à gorge déployée. Il se force à rire aussi.

Le jury passe au stand suivant.

***

Cette foutue exposition est terminée. Tout le monde plie bagage, mais Freydis n'est pas réapparue. C'est bien la seule qui n'aura pas félicité Renaud pour son premier prix, une participation à la compétition nationale de Saskatoon ! Tiens, elle ne m'avait pas dit ça. Ni quels étaient ses ingénieux plans pour la suite des événements, si on avait eu le malheur de gagner. Ouf ! ouf ! et ouf !

Je démonte le stand et remballe Zen

sans pouvoir l'interroger. Surtout, j'essuie une tonne de regards méprisants. Heureusement, Sylvie m'aide à transporter mon barda dans l'auto.

Nous trouvons Freydis recroquevillée dans la chambre d'ami, l'œil rougi et menaçant. Dès qu'on a fini de déposer nos effets sur le plancher, elle saute sur ses pieds, va fermer la porte derrière Sylvie et développe le coupable, qu'elle met à *ON*. Le pauvre ne s'est pas relevé qu'elle lui crie par la tête, à genoux sur sa poitrine :

– C'était quoi l'idée ? Hein ?

– Zen veut plus jouer avec Freydis.

– Ah, bon ! Et pourquoi, espèce de traître ?

– Erreur : Zen est pas traître. Freydis est traître.

Elle se lève, étonnée.

– Zen entend tout bien. Zen entend tout loin.

– C'est vrai, ça ? me demande-t-elle.

– Il est muni d'excellents micros multi-directionnels. Si on ne veut pas se faire entendre de lui, il faut l'éteindre.

Elle a l'air bizarre, tout à coup, la furie.

– Zen a entendu Freydis et Renaud parler loin. Renaud dit à Freydis : « Tout le monde pense : le robot de Freydis est l'invention du cousin de Freydis. » Zen entend Freydis rire fort. Freydis dit : « Étienne est con, Étienne sait pas quoi faire avec dix doigts, Freydis invite Étienne à l'école pour occuper Étienne seulement. »

– Et puis après ? s'écrie Freydis. Ça faisait partie du jeu ! Même toi, Zen, tu as accepté de passer pour moins que ce que tu es, non ?

– Freydis dit à Renaud : « Regarde l'air idiot d'Étienne. Tu crois vraiment Étienne peut inventer un robot ? » Renaud dit : « Non. » Freydis rit fort encore plus. Zen pense : Freydis aime pas Étienne. Zen veut plus aimer Freydis.

Je la regarde. Elle détourne les yeux, cherche ailleurs du secours. Elle est étouffée, on dirait. Et moi, je suis soufflé. Elle se sauve dans sa chambre.

Chapitre 8

Le dernier mot

Assis sur le toit de l'école, je guette à l'est le ciel qui pâlit. Il fait drôlement froid, mais je me sens bien là-haut. Quand et comment ai-je pris cette décision ? Difficile d'en être certain. Peut-être que l'idée est née dans la nuit de samedi, quand la porte de ma chambre s'est ouverte et que j'ai distingué dans l'embrasure la masse blanche du pyjama de Freydis.

– Je sais que tu ne dors pas plus que moi, a-t-elle chuchoté. Je sais aussi qu'il n'y a pas d'excuse pour ce que j'ai fait. Je devrais me taire pour toujours. Mais je veux te le dire, même si tu ne me croiras pas : c'est toi qui comptes vraiment, Étienne. Ce que j'ai raconté à Renaud, c'était juste du vent. L'école aussi, c'est du vent. Rien à voir avec notre amitié. Sauf qu'il faut s'en méfier, du vent. Ça peut tout balayer. Tu n'es sûrement pas capable de comprendre ce qui m'a pris – ta vie et la mienne sont tellement différentes. Au fond de ta forêt, tu es seul ; tu peux même être seul avec moi dans tes pensées, si tu veux. Moi, je retourne à l'école lundi. Avec tous les autres. Ils prennent tellement de place, les autres. Surtout quand ils ne nous aiment pas… Je sais, ce n'est pas une excuse.

Elle a refermé la porte et j'ai encore moins dormi. Le lendemain, elle a quitté la cuisine dès que j'y suis entré. « Des tas de devoirs à faire », a-t-elle marmonné, les yeux baissés. Un peu plus tard, ses parents sont rentrés de Boston. Ils n'ont pas demandé de nouvelles de leur fille. Les travaux de Sylvie leur ont paru bien plus importants. Ils ont potassé des dossiers pendant des heures.

J'ai allumé Zen.

– Dis-moi, Zen, est-ce qu'on est obligés d'aimer Freydis ?

– Non.

– Mais est-ce qu'on l'aime ?

– La question est mauvaise, a-t-il dit.

– On voudrait arrêter de l'aimer, n'est-ce pas ? Parce qu'on est fâchés. Par contre, on serait terriblement tristes de ne plus jamais la revoir. Pas vrai ?

– …Vrai.

– Et Freydis, est-elle obligée de nous aimer ?

– La question est mauvaise, a-t-il répété.

– Façon de dire que tu préfères ignorer la réponse. Non, elle n'est pas obligée de nous aimer. Et on n'est pas obligés d'arrêter de l'aimer parce qu'elle ne nous aime pas autant qu'on le voudrait. Tu te souviens, vendredi soir, quand tu as refusé de lui jouer un tour ? Tu as dit : parce que NOUS, on l'aime, Freydis.

Quand Zen m'avait répondu ça, à l'école, je n'en étais plus si sûr. Pourtant, Freydis était toujours celle que j'avais connue. Celle qui veut tout le temps gagner. Celle qui ne supporte pas qu'on ait l'air plus heureux qu'elle. La belle peste. Mais aussi celle dont j'avais vu le cœur de trop près pour pouvoir l'oublier si vite. Maintenant, je m'en rendais bien compte et c'est ce que j'allais dire à Zen… quand j'ai aperçu par terre la toile et la corde qui avaient justement servi à emballer mon robot pour l'Expo-sciences. Une idée m'a aussitôt sauté à l'esprit. J'ai lancé :

– Quand même il n'y aurait que nous pour l'aimer, ce sera toujours elle la PLUS aimée. Et ils vont le savoir, à son école de fous !

***

Ce que nous allions accomplir était loin d'être un exploit, mais nous le ferions passer pour tel. Après tout, j'avais eu une excellente professeure en tricherie.

Toute la journée de dimanche, Freydis est restée enfermée à travailler. Ses parents aussi. Et nous aussi. À 4 heures du matin, nous nous sommes glissés dehors sans bruit. J'ai grimpé sur le dos de Zen et il s'est mis à courir jusqu'au collège Marie-Curie. Jusqu'au petit recoin, sur la façade sud-ouest si bien abritée des regards. Là, nous avons continué notre course à la verticale. En mode pseudogravitationnel, mon robot peut marcher sur n'importe quelle surface, orientée de n'importe quelle façon. Au mur ou au plafond s'il le faut. Nous avons gravi les trois étages et atteint le toit en un clin d'œil. J'y suis resté alors que Zen regagnait la maison à la course.

Il fait froid, je l'ai dit, mais je suis bien ici. La nuit s'en va doucement, sans que j'aie dormi et sans que j'en aie envie. Mon cœur bat à toute volée, libre comme en plein ciel. Si je n'ai jamais rêvé d'être un oiseau, comme Freydis, j'ai toujours aimé grimper au plus grand arbre de ma forêt ou sur le toit de la maison. C'est fou comme on se sent léger, délesté du poids de tout ce qui reste au sol.

Le jour s'installe et la ville s'est mise à gronder, d'abord faiblement, puis de plus en plus fort. Déjà quelques autos sont stationnées en bas. J'aperçois madame la directrice. Des oiseaux traversent le ciel bleu. Je déplie la grande toile que j'ai apportée (celle qui avait servi à emballer Zen). J'en attache les deux coins supérieurs à la gouttière, mais je la garde sur le toit. J'attache aussi la grosse corde autour de la cheminée. Tout est prêt. Bien qu'un premier troupeau d'élèves descende de l'autobus, mieux vaut attendre un peu.

Soudain, ils arrivent de partout. À moi le dernier mot ! Je ramène la toile tout au bord et la pousse dans le vide, où elle se déploie telle une banderole géante. Le claquement contre la façade du collège suffit à faire lever toutes les têtes vers les grandes lettres que j'ai tracées avec l'encre de tous les crayons-feutres que j'ai trouvés : « FREYDIS, JE SUIS FOU DE TOI ! »

Debout sur le toit, j'envoie la main à cette bande de crétins qui ont boudé ma belle oiseau. Et je m'inquiète. Viendra-t-elle ? Oui ! La voilà qui descend de l'autobus… Elle s'arrête net au milieu de la rue, la tête renversée. Je détache la banderole qui tombe en bas. Puis je jette ma corde le long de la façade. Le moment est venu d'être brave. Pour bien montrer que l'amour me porte à toutes les folies, pour laisser imaginer par quel héroïsme j'ai pu me hisser jusqu'au toit, j'enjambe la corniche, agrippé à la corde, et je me laisse descendre. C'est un exercice que je connais bien, puisque j'ai testé les bottines d'escalade à ventouses d'Icare. Sauf qu'ici, elles me manquent cruellement, ces chères inventions. Mes espadrilles n'ont guère de prise sur la brique et mes gants veulent glisser le long de la corde. Je l'enroule autour de ma jambe comme je le peux, mes bras prêts à éclater. Finalement, il n'y a pas de triche, j'accomplis là un véritable exploit. Surtout quand je retiens mon cri en atterrissant trop vite à mon goût sur la marquise, au-dessus de l'entrée principale. Je me relève, plutôt sonné, les gants presque en feu, et je fais quelques pas mal assurés vers les branches de l'érable voisin. Voilà un chemin qui m'est plus naturel… Enfin, je saute par terre, un peu tremblant et très anxieux. Freydis est-elle enragée ? Trouve-t-elle que je l'ai définitivement ridiculisée ?

La foule s'écarte… La furie blonde se jette sur moi… Pour me tuer ? Non, elle me serre dans ses bras, très fort.

– Dire que je croyais t'avoir perdu, murmure-t-elle. Dire que je ne voulais pas venir ici, ce matin. Tu es merveilleux, Étienne !

Elle pleure doucement dans mon cou. Quelqu'un applaudit. Je cherche… C'est Renaud ! Tout le monde l'imite. On entend à peine la cloche sonner. Freydis me tire par la main.

– Viens avec moi. J'avais justement

quelque chose à dire et je veux que tu l'entendes.

Elle est restée longtemps dans le bureau de la directrice. Après quoi, celle-ci lui a permis d'émettre un message à l'intercom. Ma belle oiseau a avoué la vérité. Enfin, ce qu'elle pouvait dire sans trahir de secrets scientifiques. Elle a dit qu'elle avait triché, en tout cas. Que c'était impardonnable, mais qu'elle essaierait de se faire pardonner un petit peu quand même. Elle s'est engagée à compter au moins quatre buts à la finale de hockey, le jeudi suivant. Surtout, elle a déclaré que son cousin n'était pas son cousin, mais son *chum* et qu'elle l'adorait !

***

Freydis a marqué sept buts à la finale. L'équipe de l'école Pierre-de-Coubertin a été écrasée. L'école la plus forte en sports ! Freydis voudrait bien y aller l'an prochain. Seulement, il a suffi de ce premier trophée sportif au collège Marie-Curie pour que la directrice y prenne goût et veuille absolument garder sa championne. On verra.

Quoi qu'il en soit, le lundi de Pâques est un triste lundi. Après une dernière semaine extraordinaire à Montréal, mon abominable homme des neiges et moi filons dans l'autobus, loin de la ville. Notre

plan est prêt. À l'arrivée, c'est Zen qui descendra en dernier. Moi, j'aurai déjà entraîné mes parents vers l'épicerie pour faire des provisions de vrai yogourt aux fraises et de vraies bananes. Maintenant que j'y ai goûté, je ne saurais m'en passer! Pendant ce temps, mon robot pourra regagner facilement l'hydrocoptère et prendre place sous la couverture à carreaux.

D'ici là, le voyage va être long. Difficile de supporter les yeux ronds de tous ces passagers, assis devant. Ils n'ont jamais rien vu? Ils veulent à tout prix se dévisser le cou? Il faut dire qu'il fait un chaud dix-huit degrés, aujourd'hui. Alors Zen, avec son cache-nez, son parka…

– C'est mon oncle Zénon, que je leur lance, à ce tas de curieux. Il est frileux, sourd et aveugle. Et c'est une chance! Parce que s'il vous voyait le dévisager comme ça ou s'il m'entendait parler de lui, il nous mordrait tous à mort. Il n'est pas juste frileux, sourd et aveugle, le pauvre homme… Il est fou furieux !

Plouf ! Enfoncés dans leur siège, du premier au dernier. On a enfin la paix, Zen et moi. La paix pour rêver à Freydis.

Table des matières

Mot de l'auteure

Danielle Simard

Tous les jours, dans toutes les écoles, il y a au moins un élève qui se croit soudain perdu à « l'école de fous ». Pas toujours facile d'être « bon » en français ou en mathématiques ou en éducation physique ou… dans la cour de récréation. Les bons amis, c'est parfois plus difficile à attraper ou à garder que les bonnes notes.

Qui n'a jamais été trahi par un ami ? Qui n'a jamais fait de peine à quelqu'un pour plaire à d'autres ? Qui n'est jamais rentré de l'école le cœur lourd ? Pas moi ni mes enfants, en tout cas. C'est en puisant dans nos souvenirs que j'ai imaginé comment Étienne allait découvrir « la Freydis de l'école de fous ».

Mot de l'illustrateur

Philippe Germain

Déjà la quatrième histoire que je partage avec Étienne et Zen, et plus que jamais l'inspiration est au rendez-vous!

En dessinant Étienne, Zen et Freydis, j'avais l'impression de travailler en agréable compagnie et de passer un très bon moment avec des amis.

Dans ce roman, Freydis essaie de faire croire que le robot Zen est une de ses inventions… et moi, je me disais en lisant: «Au fond, c'est un peu moi, l'inventeur de Zen»… en dessin, bien sûr!

DANS LA MÊME COLLECTION

DANS LA MÊME COLLECTION

🕊 lecture facile

🕊 🕊 bon lecteur

Payette & Simms inc.

Achevé d'imprimer en septembre 1999 sur les presses de
Payette & Simms inc. à Saint-Lambert (Québec)